# Le Père est a

*Merci à Renaud de Saint Mars*
*pour sa collaboration*

Collection dirigée par Dominique de Saint Mars

Imprimé en CEE
ISBN : 2-88445-425-X

*Ainsi va la vie*

# Le Père de Max et Lili est au chômage

Dominique de Saint Mars

Serge Bloch

Tu pourrais peut-être essayer...
Qu'est-ce que vous disiez ?
Euh... rien...

Maman, pourquoi il n'y a plus jamais le chocolat aux noisettes que j'adore ?
Euh... j'ai oublié d'en acheter... mais tu sais, il coûte très cher...
Celui-ci est très bon aussi... on ne peut pas toujours avoir le meilleur.

**10**

11

À LA SORTIE DE L'ÉCOLE...

Max, Max, écoute, j'ai un truc super important à te dire.

Alors tu crois que Papa n'a plus de travail ?

C'est presque sûr ! Le chocolat, la voiture, la mauvaise humeur, tu comprends ?

Mais vous n'avez plus de maison ? Et vous dormez où ?

Non, on n'a plus rien, on dort partout où on peut s'abriter. C'est surtout dur l'hiver !

Au revoir...

Et à bientôt !

Dire que ça pourrait être nous !

Mais tu pleures, Lili ! Qu'est-ce qui se passe ?

C'est... snif, c'est à cause de papa... !

On le sait qu'il n'a plus de travail... snif... et vous ne voulez pas nous le dire... snif...

Snif, et bientôt on n'aura plus d'argent, plus de maison, plus rien.

Euh... C'est vrai, Papa est au chômage... Comment vous le savez ?

On n'est pas aveugles, quand même !

\* Argent qui vient de l'assurance chômage, payée par les salariés et les entreprises.

Ça va, mes lapins ? Eh bien, vous en faites, une tête !
Euh... papa... c'est que...
Paul, il savent... à propos de ton travail !
On l'a deviné tout seuls.

**Tant mieux, au fond ! D'ailleurs, je me doutais que vous le saviez...**

**Mais papa, pourquoi toi ?**

**Mon entreprise a été rachetée par une autre. Ça faisait trop de monde...**

**Pas maaaaal ! Je ne savais pas que tu jouais si bien !**

**Tu nous caches trop de choses.**

Oui, pardon !...
Et trente personnes
ont été licenciées,
dont moi !

Et maintenant,
comment tu vas
retrouver du
travail ?

J'essaie tout : les petites annonces,
les gens que je connais dans le métier,
les amis...

En tout cas, si on doit
attendre longtemps,
on peut faire plein
d'économies.

On ne mangerait que
des nouilles...Tu nous
couperais les cheveux et...

* Cours pour se perfectionner ou pour apprendre un nouveau métier.

**21**

On pourra même aller sur une rivière qui est formidable pour la truite !

Mais si on a vendu la voiture ?

On empruntera celle de Robert ! Bon, on a six poissons, ça suffit !

Dîner gratuit !

LES SEMAINES PASSENT. LE PÈRE DE MAX ET LILI N'A TOUJOURS PAS RETROUVÉ DE TRAVAIL...

Oui... c'est ça... bon, j'attends que vous me rappeliez. Merci.

Tu crois que ça va marcher, cette fois ?

Je ne sais pas, on va voir... Il faut que j'aille à un rendez-vous.

Et papa !... quand est-ce...

Et si on allait à la cabane pour la rafistoler, au cas où on n'aurait plus de maison ?

CLAC

J'espère que son rendez-vous va marcher. Parce que, il a beau le cacher, on voit bien qu'il est stressé !

Et à table, il a tendance à se resservir du vin...

**25**

Mais quelqu'un aura bien pitié de lui, un jour !

Tu n'as rien compris, pour trouver du travail il faut faire envie, pas pitié !

Moi, en tout cas, si j'étais au chômage, j'irais dans un pays chaud, je pêcherais des poissons pour me nourrir.

Papa, lui, il ne peut pas le faire à cause de nous.

Comment ça ? Je vais lui dire, moi, que je n'ai pas besoin d'aller à l'école !

Le paradis terrestre, mon vieux, ça n'existe pas !

Il faut toujours de l'argent pour vivre.

LES JOURS PASSENT...

Tu vois, encore aujourd'hui, deux réponses négatives... !

Hé Papa, je voulais te demander... pour l'ordinateur ?

Quoi encore ? Il vous en faut toujours plus !

29

Excusez-moi... C'est dur de ne plus faire partie de quelque chose, de sentir que personne n'a besoin de vous !

Et nous, alors, on ne compte pas ?

Si, vous comptez plus que tout, mes chéris. Mais on a aussi besoin d'être utile à la société.

Ça ne marche pas finalement ?
Merci d'avoir essayé, Robert... Oui, ça fait cinq mois. D'accord, on vient dimanche !

Robert est vraiment un ami. Il essaie toujours de nous aider.

Nous aussi on va agir !

**34**

Tiens, maman, plein d'argent pour faire plein de courses !

Oh, bravo ! Mais gardons-le en réserve !

DRIIING !!!

Allo ? Ah oui, il est là, je te le passe...

Max, c'est pour toi.

MAX !!!... Tu ne vas pas raconter ta vie ! Et ça coûte cher le téléphone !

Bla, bla, bla...

Faudrait le distraire...

Ton père se donne du mal... Il attend plusieurs réponses, il est un peu nerveux.

Papa, tu te souviens de ma bicyclette à réparer !

36

DRIIING !!!

Oui, c'est moi... c'est vrai ?...
Lundi ? Oui, bien sûr, c'est
parfait. J'y serai !

**Ah... vous êtes là ! Ça y est ! J'ai un boulot au service informatique d'une usine de... de... DEVINEZ !**

**On ne devine pas... !**

**DE NOUILLES !**

**GÉANT !**

**J'aurais préféré des glaces !**

Laisse-moi t'embrasser, c'est formidable !

Moi aussi ! J'ai toujours été très fière de mon papa adoré !

Avec ou sans travail !

Et moi aussi ! Bravo Papa ! Mais si tu commences lundi, on ne pourra pas aller à la pêche... ce mercredi ?

Le bonheur des uns fait le malheur des autres !

Si, lundi je rencontre le chef du personnel, mais je commence seulement jeudi !

Alors, mercredi, c'est bon pour la pêche ?

SUPER !

Et quelquefois le bonheur des uns fait le bonheur des autres !

40

# Et toi...
Est-ce qu'il t'est arrivé la même histoire
qu'à Max et Lili ?

# Si ton père, ou ta mère, est au chômage...

Comment l'as-tu appris ? Ça dure depuis longtemps ? Sais-tu comment il cherche du travail ? Avec qui en parles-tu ?

Qu'est-ce que ça change dans ta famille : manque d'argent, de gaîté ? As-tu peur, honte ? Trouves-tu ça injuste ?

Est-il soutenu par la famille, les amis, les voisins, l'assurance chômage, une association ? L'aides-tu à ta façon ?

A-t-il changé ? Est-il souvent de mauvaise humeur ? Ça te rend triste ? Ça t'empêche de bien travailler ou le contraire ?

As-tu moins envie de lui obéir parce qu'il a des problèmes de travail ? Ou est-ce que ça ne change rien ?

Trouves-tu qu'il a plein d'énergie ? Vient-il plus à l'école ? A-t-il plus de temps pour toi ? Trouves-tu ça mieux ?

Connais-tu son métier ? En parlez-vous ? Part-il loin de chez toi ? A-t-il parfois des problèmes dans son travail ?

Chez toi, fait-on attention aux dépenses ? De quoi te prives-tu le plus facilement ? As-tu peur d'être pauvre ?

Trouves-tu que tes parents travaillent trop, qu'ils sont fatigués ou que tu ne les vois pas assez ?

As-tu des amis ou des cousins dont les parents n'ont pas assez d'argent ? Les invites-tu ? T'en parlent-ils facilement ?

As-tu déjà vu tes parents soucieux et nerveux sans comprendre pourquoi ? As-tu pensé que c'était ta faute ?

Quel métier voudrais-tu faire ? As-tu peur du chômâge ? Ou crois-tu qu'on va s'organiser pour que tous travaillent ?

**Après avoir réfléchi
à ces questions
sur le chômage,
tu peux en parler
avec tes parents ou tes amis.**